Jan Schäfer

Die Abenteuer
des Simplicius Hennig

Jan Schäfer

Die Abenteuer des Simplicius Hennig

2025

Vervielfältigungen von Text, auch auszugsweise,
sind nur mit Genehmigung des Autors gestattet.

Umschlagillustration: Isabel Frühauf, Hamburg
Umschlaggestaltung: Peter Klatte (mit XeLaTeX),
Borken (Hessen)
Layout: Verlagsservice Monika Rohde, Leipzig
Verlag: BoD · Books on Demand GmbH,
Überseering 33, 22297 Hamburg, bod@bod.de
Druck: Libri Plureos GmbH, Friedensallee 273,
22763 Hamburg

ISBN: 978-3-7693-0063-5

Eine Erzählung nach der Geschichte
»Der listige Reineke Fuchs« und
Hans Jakob Christoffel
von Grimmelshausen's
»Der abenteuerliche Simplicissimus«

*Das Wiesenland
im Jahr Sechzehnhundert
und irgendwann*

Wald

Ein einziges Küken entkam Reineke Fuchs. Es floh in den Wald. Als die Dämmerung hereinbrach, kroch es in einen hohlen Baum hinein, wo es sich für die Nacht versteckte.

Das Geräusch von Schritten weckte das Küken am nächsten Morgen.

Ganz vorsichtig streckte es den Kopf aus seinem Versteck und erblickte einen alten Hahn. Seine grauen Federn standen ihm wild nach allen Seiten vom Kopf ab und sein langer Mantel war mit vielen verschiedenen Stoffstücken ausgebessert. Auf dem Rücken trug er einen großen, geflochtenen Korb.

Das Küken nahm seinen Mut zusammen, kroch aus dem Versteck hervor und näherte sich ihm.

Der alte Hahn war nicht wenig erstaunt, als er das Küken erblickte.

»Ich weiß nicht, wohin ich soll«, piepste es. »Ein eiserner Fuchs ist zu unserem Haus gekommen und hat meinen Vater, meine Mutter und alle meine Geschwister getötet und das Haus in Brand gesteckt.«

Die Stimme des Kükens zitterte, und es begann zu weinen.

Der alte Hahn hatte Mitleid mit ihm.

»Wie heißt du denn?«, fragte er.

»Wie ich heiße?«, schniefte das Küken.

»Wie haben deine Eltern dich genannt?«

»Bub, manchmal auch kleiner Fläumling, ungezogener Tölpel oder Galgenvogel«, piepste das Küken. »Und wer bist du?«

»Ich bin ein Einsiedler und lebe hier im Wald.«

»Ich will hier bei dir im Wald bleiben.«

Der Einsiedler schüttelte den Kopf. »Der Wald ist kein Ort für dich.« Er überlegte einen Moment und sagte dann: »Nicht weit von hier lebt ein Müller, sein Name ist Jakob Mühlengans. Er ist ein gutherziger Ganter.

Ich werde dich zu ihm bringen, damit er dich bei sich aufnimmt.«

»Aber ich will bei dir im Wald bleiben«, piepste das Küken.

»Dich hierzubehalten, das nützt dir genauso wenig wie mir«, antwortete der alte Hahn.

»Ich will ein Einsiedler werden, so wie du.«

»Das Leben eines Einsiedlers ist nichts für ein kleines Küken.«

»Bitte lass mich bei dir bleiben.«

Der Einsiedler betrachtete das Küken lange. »Nun gut«, sagte er schließlich. »Die Zeit wird zeigen, ob das Leben eines Einsiedlers wirklich das ist, was du möchtest. Aber dann gebe ich dir auch einen richtigen Namen.« Er überlegte kurz, dann sagte er: »Ich werde dich Hennig nennen.«

Der Einsiedlerhahn lebte inmitten des Waldes in einer Hütte aus dicken Ästen, die an einen Baum gelehnt und mit Zweigen und Moos bedeckt waren.

Einen Steinwurf entfernt entsprang aus einem Felsen die Quelle eines Baches, und jenseits davon öffnete sich der Wald zu einer kleinen Lichtung. Dort hatte der Einsiedler einen Gemüsegarten angelegt, in dem Rüben, Kohl, Bohnen und Erbsen wuchsen.

Neben der Hütte des Einsiedlers bauten sie Hennig eine eigene kleine Hütte aus Ästen, Zweigen und Moos, ähnlich der des Einsiedlers.

Das war Hennigs neues Zuhause.

Der seltsame Gegenstand mit den Bildern und schwarzen Linien

Als Hennig den Einsiedler zum ersten Mal in einem Buch lesen sah, konnte er sich nicht erklären, mit wem dieser ein so persönliches und, wie es ihm schien, sehr ernstes Gespräch führte. Zwar sah Hennig die Bewegungen seines Schnabels, doch war niemand zu sehen, der mit dem Einsiedler sprach. An den Augenbewegungen jedoch erkannte Hennig, dass es etwas mit diesem seltsamen Gegenstand zu tun haben musste. »Was machst du da?«, fragte Hennig.

Der Einsiedler blickte auf.

»Ich lese in einem Buch«, antwortete er.

Hennig betrachtete den Gegenstand genauer, den der Einsiedler Buch genannt hatte. Es war ein kantiges Ding, das man aufblättern konnte. Darin sah er schwarze Linien mit seltsamen Zeichen. Neugierig blätterte Hennig eine Seite um, wie er es bei dem Einsiedler gesehen hatte, und entdeckte einen Holzschnitt.

Dieser zeigte auf der einen Seite eine Gruppe von Tieren, die auf einem Feld Getreide aussäten, und auf der anderen eine mit großen Mäulern und gefletschten Zähnen, die Säcke und Truhen aus einem brennenden Haus schleppten.

»Wer seid ihr?«, fragte er das Bild empört. »Was macht ihr da?« Er wurde ungeduldig, als er von den Figuren keine Antwort bekam. »Warum habt ihr die armen Bauern ausgeraubt und das Haus angezündet? Es steht ja schon in Flammen!«

Hennig sprang auf und wollte zum Bach laufen, um Wasser zu holen.

»Wo willst du denn so eilig hin?«, fragte der Einsiedler.

»Die da haben die armen Bauern ausgeraubt, mit denen du geredet hast. Jetzt brennt das Haus schon lichterloh, und wenn ich es nicht bald lösche, wird es abbrennen.«

Hennig zeigte aufgeregt auf den Holzschnitt im Buch und wollte zum Bach laufen.

»Bleib nur hier«, meinte der Einsiedler ruhig. »Es besteht keine Gefahr.«

»Siehst du denn nicht, dass das Haus brennt?«

Der Einsiedler lachte und sagte: »Diese Bilder leben nicht, sie sind nur dazu gemacht, um uns längst geschehene Dinge vor Augen zu stellen.«

»Aber du hast doch eben noch mit ihnen geredet. Wie können sie dann nicht leben?«

»Die Bilder selbst können nicht reden. Aber aus den schwarzen Linien, die man Schrift nennt, kann ich ihr Tun und Wesen erkennen. Das nennt man Lesen, und wenn ich lese, kommt es dir so vor, als redete ich mit den Bildern.«

Erstaunt blätterte Hennig weiter. Die nächsten Seiten waren dicht mit schwarzen Linien gefüllt, bis er wieder auf ein Bild stieß. Acht Figuren waren darauf dargestellt. Der junge Hahn versank in ihrer Betrachtung.

Die erste Figur zeigte ein winziges Küken, das in einem Strohbett lag und alles um sich herum mit offenem Schnabel betrachtete. Darunter standen Worte in feinen schwarzen Linien.

Hennig deutete darauf und fragte, was sie bedeuteten, und der Einsiedler las vor: »Neu auf der Welt.

Als nächstes folgte ein junger Vogel, der gerade seine erste Mauser hinter sich hatte. Vor ihm lag ein aufgeschlagenes Buch. Darunter stand: »Ich tanz’ und spring’, studier’ und sing’.«

Die dritte Figur zeigte den Vogel als Soldaten, der entschlossen in die Ferne blickte. Er trug eine Rüstung, hatte einen Degen an der Seite und hielt einen langen Spieß in seinen Flügeln: »Stark und mutig, Wolf und Fuchs besieg’ ich.«

Die vierte Darstellung zeigte den Vogel in seiner prächtigsten Kleidung. Darunter stand: »Mit Fleiß und Klugheit steh’ ich hier.«

Die fünfte Figur zeigte ihn, wie sein Gefieder von ersten grauen Federn durchzogen war. Unter dem Bild stand geschrieben: »Die Weisheit beginnt, die Zeit verrinnt.«

Die sechste Figur zeigte den Vogel alt und mit grauem Gefieder. Er stützte sich auf einen

Stock, sein Blick war nach unten gerichtet. Auf dem Boden stand ein fast abgelaufenes Stundenglas: »Das Ende vor Augen.«

Die siebte Darstellung zeigte den Vogel vom hohen Alter gebeugt und mit weiß-grauem, schütteren Gefieder. Neben ihm stand der Tod, eine furchterregende Gestalt mit Sense und abgelaufenem Stundenglas. Seine federlosen, bleichen Flügel hatte er schon um ihn gelegt: »Macht Euren Frieden mit der Welt.«

Das achte und letzte Bild zeigte den Vogel in einem Sarg liegend. Seine Flügel waren über der Brust gefaltet, die Augen für immer geschlossen: »Das Ende.«

Das alles machte einen großen Eindruck auf Hennig. »Die schwarzen Linien bringen also das Buch dazu, mit dir zu sprechen? Dann müsste ich doch eigentlich auch an den schwarzen Linien erkennen können, was du kannst, oder?«

»Wenn du es lernen willst, kann ich dir zeigen, wie du – genau so wie ich – mit den Bildern sprechen kannst. Aber es wird Zeit brauchen und von deiner Geduld und deinem Fleiß abhängen.« Der Einsiedler schrieb die Buchstaben a, b und c an den Rand der Buchseite.

»Damit fängt alles an. Das sind die ersten Buchstaben des Alphabets«, erklärte er. »Versuche, sie nachzumalen.«

So begann Hennig, unbeholfen die ersten Buchstaben an den Rand der Seite zu kritzeln.

Einsiedlerdasein

Jeden Morgen standen der Einsiedler und Hennig mit dem ersten Tageslicht auf.

Dann holte der Einsiedler seine Bücher hervor und unterrichtete Hennig zwei Stunden lang im Lesen und Schreiben, bevor sie im Garten auf der Waldlichtung arbeiteten oder mit großen, selbst geflochtenen Körben auf dem Rücken durch den Wald streiften, um Beeren, Früchte, Pilze oder Feuerholz zu sammeln.

An Habseligkeiten besaßen sie nur das Nötigste: eine Schaufel, eine Haue, eine Axt, ein Beil und einen eisernen Kochtopf. Zudem hatte jeder von ihnen ein Messer und einen Löffel. Ihr Essen bestand aus dem, was ihnen Garten und Wald bescherten: Rüben, Kohl, Bohnen, Erbsen, wilde Äpfel, Birnen, Kirschen, Erdbeeren, Himbeeren, Brombeeren, Heidelbeeren, Pilze und Bucheckern.

Einmal in der Woche backten sie in ihrem kleinen Erdofen frisches Brot. Das Mehl und

das Salz dafür bekamen sie von Jakob Mühlengans, dem Müller der Grünauer Mühle,
die etwa drei Meilen entfernt lag. Von ihm
wird später noch viel zu erzählen sein.

Zwei Jahre lang lebte Hennig bei dem Einsiedler im Wald, bis der alte Hahn eines
Tages seine Hacke griff, Hennig die Schaufel reichte und sagte: »Die Zeit ist herangekommen, da ich diese Welt verlassen soll.
Weil ich aber die künftigen Geschehnisse
deines Lebens bereits vor mir sehe und
weiß, dass du in diesem Wald nicht mehr
lange bleiben wirst, so folge meinen letzten
Worten: Je länger du lebst, desto mehr sollst
du dich selbst erkennen lernen. Denn das
Unglück hat seinen Grund oft darin, dass
man nicht gewusst hat, was man gewesen ist
und was man hätte werden können und werden müssen.«

Nach diesen Worten begann der Einsiedler, mit der Hacke ein Grab auszuheben.

Hennig half mit seiner Schaufel, so gut er konnte, ohne zu begreifen, was vor sich ging.

»Mein lieber Hennig«, sagte der Einsiedler, als sie das Grab fertig ausgehoben hatten. »Wenn meine Seele an ihren Ort gegangen ist, dann erweise meinem Leib die letzte Ehre und bedecke mich mit der Erde, die wir hier ausgehoben haben.«

Der alte Hahn schloss Hennig in seine Flügel und umarmte ihn fest. Dann legte er seinen Mantel ab, sprach ein Gebet, legte sich in das Grab, als wolle er schlafen, und schloss die Augen. Stundenlang verharrte Hennig wie versteinert neben dem Grab. Irgendwann stieg er schließlich in das Grab, redete den Einsiedler leise an und fing an, mit seinem Flügel an dessen Schulter zu rütteln. Doch es war kein Leben mehr in dem alten Hahn. Der unerbittliche Tod hatte den Einsiedler geholt.

Einige Tage später suchte Hennig den Müller Jakob Mühlengans auf, um ihm vom Tod des

Einsiedlers zu erzählen und ihn um Rat zu fragen, was er jetzt tun solle.

Jakob Mühlengans riet dem jungen Hahn davon ab, weiter im Wald zu bleiben. Doch Hennig war fest entschlossen, in die Fußstapfen seines Einsiedlervaters zu treten. Mit trotzig erhobenem Kopf kehrte er in den Wald zurück.

Den ganzen Sommer über lebte Hennig so, wie es ein frommer Schüler eines Einsiedlers tun würde. Morgens übte er eifrig Lesen und Schreiben, bevor er im Garten auf der Lichtung Unkraut jätete, Gerste, Rüben, Kohl, Bohnen und Erbsen erntete oder durch den Wald streifte, um Heidelbeeren, Brombeeren, wilde Äpfel und Kirschen zu sammeln. Abends dann widmete er sich wieder dem Lesen und Schreiben.

Doch mit der Zeit verblasste Hennigs Trauer um den Einsiedler allmählich, und der herannahende Winter ließ ihn an seinem Einsiedlerdasein zweifeln.

Von Tag zu Tag wuchs in ihm der Wunsch, die Welt jenseits seines Waldes zu sehen.

Hahnenburg

Eines Wintermorgens schließlich packte Hennig die Schaufel, die Haue, Axt und das Beil, den eisernen Kochtopf, Löffel, Messer und seine Bücher zusammen und verließ die Einsiedlerhütte und den vertrauten Wald.

Er wanderte über die verschneiten Wiesen, die sich jenseits des Waldes erstreckten, bis er zu einer Landstraße gelangte, die ihn direkt zum stolzen Schloss Hahnenburg führte.

Doch kaum hatte er es erreicht, da packten ihn zwei Hähne, die Rüstungen trugen und mit Musketen und Degen bewaffnet waren, und brachten ihn in eine Wachstube im Torhaus des Schlosses.

An dieser Stelle mag es dem Leser hilfreich sein, sich ein Bild von Hennigs Aussehen zu machen: Seine Kopffedern standen wild in alle Richtungen ab, und sein Gesicht war schmal und eingefallen. Er trug weder Hut noch Perücke noch Federpuder auf dem

Kopf, wie es zu dieser Zeit Mode war, und sein Mantel, der einst seinem Einsiedlervater gehört hatte, bestand aus über tausend Stücken zusammengeflickten Stoffs.

In der Wachstube wurde Hennig durchsucht und streng verhört, woher er komme, wer er sei, was er wolle, bis zwei der Wachen den Befehl erhielten, ihn zu Hahnengraf Errenant zu bringen.

Als Hennig vor den Hahnengrafen geführt wurde, fragte dieser ihn als erstes: »Woher kommst du?«

»Aus dem Wald«, antwortete Hennig.

»Und wo willst du hin?«

»Ich weiß es nicht.«

»Was ist deine Arbeit?«

»Ich kann Erbsen und Kohl ernten und Beeren und Nüsse sammeln und schreiben und lesen.«

Graf Errenant verzog das Gesicht.

Er befahl, Hennig durchsuchen zu lassen. Als die Wachen ihm sagten, dass dies bereits geschehen sei und man nichts bei ihm gefunden habe außer ein paar Habseligkeiten und einigen Büchern, ließ er sich die Sachen geben. Er blätterte eines der Bücher auf und fand darin ein krakelig an den Rand gekritzeltes ABC, dazu Zahlen, einzelne Wörter und Sätze.

»Was soll das denn sein?«, murmelte er und blätterte nun auch durch die anderen Bücher. In allen waren die Seitenränder kreuz und quer beschrieben. Plötzlich verfinsterte sich sein Gesicht. »Das ist bestimmt irgendeine abgesprochene Geheimsprache«, krähte er. »Du bist ein Spion des Feindes!«

»Das sind meine Schreibübungen«, begann Hennig zu erklären.

»Willst du mich für dumm verkaufen?«, krähte der Hahnengraf wütend. »Schafft ihn mir aus den Augen! Ein paar Tage im Diebesturm werden ihn schon dazu bringen, die Wahrheit zu sagen.«

Hennig wurde gepackt, in den Diebesturm gebracht und in eine dunkle Zelle gesperrt. Nur durch ein winziges, vergittertes Fenster fiel ein wenig Tageslicht in sein Verlies.

Auf einer der steinernen Zellenwände
stand in verblichenen Buchstaben geschrieben:

Dieses Mal habe ich gesessen sechs Tage
Die andere Zeit habe ich nicht gezählt

An anderer Stelle war zu lesen:

Hier sitz ich armer Gevatter
Hab kein Wein oder Bier
Mit Wasser und Brot werd ich gespeist
Mich beißen die Flöh und Läus
Morgen werd ich zum Galgen geführt
Dann brauchen sie eine andere Speis

Hennig kauerte sich ängstlich in eine Ecke der
Kerkerzelle. Mehr als alles andere wünschte er
sich, wieder in seinem Wald zu sein.

Viele Stunden waren vergangen, als Hennig
von zwei Hähnen aus dem Diebesturm he-

rausgeholt und in eine Gesindestube des Schlosses gebracht wurde.

Dort warteten bereits zwei Hahnenschneider mit ihrem Nähzeug, ein Hahnenschuster mit Schuhen, ein Hahnenkaufmann mit Hüten und Strümpfen und ein weiterer mit verschiedenen anderen Kleidungsstücken.

Hennig wurde der Einsiedlermantel ausgezogen, damit die Schneider Maß nehmen konnten. Dann erschien ein Hahn mit scharfer Lauge und wohlriechender Seife, der gerade seine Arbeit beginnen wollte, als der Befehl kam, Hennig solle seinen Einsiedlermantel wieder anziehen.

Sogleich erschien ein anderer Hahn, beladen mit einer Staffelei, Pinseln, Papier und Farben. Er hatte Minium und Zinnober für den roten Hahnenbart und Kamm, Auripigment und Bleigelb für den gelben Schnabel, Kienruß, Kohlschwarz und Umbra für die dunkelblonden Federn sowie unzählige andere Farben für den verwitterten Mantel dabei.

Der Hahn fing an, Hennig zu betrachten, zu skizzieren und zu malen. Immer wieder neigte er den Kopf zur Seite, um seine Arbeit mit dem Aussehen Hennigs abzugleichen. Mal änderte er die Augen, dann den Schnabel, dann die Nasenlöcher, bis er alles überarbeitet hatte, was ihm anfangs nicht gelungen war. Am Ende hatte er ein naturgetreues Abbild von Hennig geschaffen.

Erst dann durfte der andere Hahn mit seiner Arbeit beginnen. Er setzte Hennig in eine Badewanne und wusch sein Gefieder gründlich mit scharfer Lauge und duftender Seife, die nach Blumen und Kräutern roch.

Kaum hatte er seine Arbeit beendet, brachte man Hennig ein weißes Hemd, dazu Schuhe, Strümpfe, einen Kragen und einen Hut. Auch die Hose war prächtig gearbeitet und mit Borten verziert, nur das Wams fehlte noch, an dem die Schneider eifrig arbeiteten.

Ein weiterer Hahn brachte aus der Küche eine kräftige Roggensuppe und ein Glas Wein. Hennig saß da wie ein junger Graf und ließ es sich schmecken, obwohl er nicht wusste, was als Nächstes mit ihm geschehen würde.

Als endlich auch das Wams fertig war, half man ihm, es anzuziehen, und gürtete ihm zum Abschluss noch einen Degen um. In den neuen Kleidern sah Hennig so unbeholfen aus, als hätte man einen Zaunpfahl elegant herausgeputzt. Die Schneider hatten die Kleidung absichtlich etwas zu weit gemacht, in der Hoffnung, dass er bald zunehmen und in die Kleider hineinwachsen würde.

Hennigs altes Waldgewand wurde in die Kunstkammer des Schlosses gebracht, wo es neben anderen Raritäten und Antiquitäten seinen Platz fand. Das gemalte Porträt von ihm in Lebensgröße wurde daneben aufgestellt.

Nach dem Abendessen wurde Hennig in ein prächtiges Bett gelegt, wie er noch nie eines gehabt hatte, weder bei seinen Eltern noch bei dem Einsiedler.

Aber Hennig konnte nicht schlafen. Er dachte die ganze Nacht über die Ereignisse des vergangenen Tages nach und über das Glück, das ihn an diesen Ort geführt hatte.

Wer der Einsiedler war

Am nächsten Morgen trat der Müller Jakob Mühlengans in Hennigs Kammer.

Hennig richtete sich in seinem prunkvollen Bett auf. »Herr Mühlengans, Ihr seid ja auch da!«, rief er freudig. Er war froh, ein bekanntes Gesicht zu sehen. Der Gänserich setzte sich auf den Stuhl neben Hennigs Bett.

»Mein lieber Hennig«, begann Jakob Mühlengans, »ich kann mir gut vorstellen, dass du viele Fragen hast.«

Er machte eine kurze Pause, bevor er fortfuhr: »Der Einsiedler, bei dem du im Wald gelebt hast, war der Schwager des Grafen Errenant von Hahnenburg. In einem vergangenen Krieg waren die beiden nicht nur Kampfgefährten, sondern auch gute Freunde.

Wie es aber dazu kam, dass er ein Einsiedler wurde, möchte ich dir nun erzählen: Es war vor fünf Jahren, in der zweiten Nacht nach der Schlacht am Grauen Berg, als er plötzlich vor meiner Mühle stand. Seine Rüstung, seine Kleidung und sein Gefieder waren ebenso sehr mit Blut getränkt, wie sie mit Gold und Silber verziert waren. Er hielt seinen bloßen Degen fest im Flügel, und ich erschrak zutiefst bei seinem Anblick.

Doch der Hahn steckte den Degen weg und brach in Tränen aus. Er weinte um seine hochschwangere Gemahlin, die er verloren hatte, um die verlorene Schlacht, und darüber, dass ihm das Schicksal nicht vergönnt hatte, auf dem Schlachtfeld zu sterben.

Ich versuchte, ihn zu trösten, gab ihm eine Decke und ließ ihm ein Bett machen. Dort schlief er bis zum Morgen wie tot.

Am nächsten Tag leerte er als Erstes all seine Taschen und schenkte mir sein ganzes Geld. Seine wertvollen Ringe verteilte er an meine Frau, meine Kinder und mein Gesinde. Dann legte er seine Rüstung und seine Kleider ab, warf alles von sich und erklärte, er wolle fortan als Einsiedler leben, denn, wie er sagte, die eitlen Torheiten des weltlichen Lebens widerten ihn zutiefst an.

Im Gegenzug für seine Geschenke bat er mich nur darum, ihm Bücher und das Nötigste für sein zukünftiges Leben als Einsiedler zu besorgen und das Geheimnis seines Verschwindens für mich zu behalten.

Aus der Wolldecke, mit der er sich nachts zugedeckt hatte, ließ er sich einen Mantel machen. Dann führte ich ihn an einen abgelegenen Ort im Wald und half ihm, dort eine Hütte zu bauen.

Wie er dann dort gelebt hat und wie ich euch von Zeit zu Zeit geholfen habe, das weißt du so gut wie ich, wenn nicht sogar besser.

Gestern Mittag hörte ich, dass ein junger Hahn mit einem alten, zusammengeflickten Mantel auf Schloss Hahnenburg ins Gefängnis geworfen wurde. Ich machte mich sofort auf den Weg dorthin, bat inständig um eine Audienz bei Graf Errenant und erzählte ihm die ganze Geschichte von Anfang bis Ende. Ich berichtete vom Leben des Einsiedlers im Wald, von seinem Tod, und davon, dass er dich wie sein eigenes Küken großgezogen hat.

Der Graf war tief bewegt. Zu Ehren seines verstorbenen Schwagers möchte er dich nun als sein eigenes Kind annehmen.

Jetzt liegt es an dir, was du willst. Wenn du studieren möchtest, wird er alle Kosten dafür übernehmen. Wenn du ein Handwerk lernen willst, wird er dich eins lernen lassen. Oder willst du Soldat werden? Auch das wird er dir ermöglichen.«

»Ich weiß es nicht«, piepste Hennig.

Am Hahnenburger Hof

Hennig wurde Page des Hahnengrafen Errenant, und auch Jakob Mühlengans wurde als Dank dafür, dass er all die Jahre über für den Schwager des Grafen und für Hennig im Wald gesorgt hatte, damit belohnt, in den Hofstaat von Hahnenburg aufgenommen zu werden.

Am Hahnenburger Hof wuchs Hennig zu einem stolzen jungen Hahn heran. Seine Brust, sein Hals und seine Schultern wurden bald breit und stattlich, und sein Bart und Kamm erstrahlten in einem leuchtenden rosenfarbenen Rot.

Als Page hatte Hennig nur wenige Pflichten: Er bediente den Grafen Errenant bei Tisch und öffnete den Gästen bei den Audienzen die Türen zum gräflichen Vorzimmer. In der übrigen Zeit las er alle Bücher, die er in der gräflichen Bibliothek finden konnte, und übte sich im Fechten mit einem alten Hahnenmusketier, der als ausgezeichneter Fechter galt.

Jeder Hahn und jede Henne am Hofe lobte täglich den klugen Verstand Hennigs, um sich bei dem Hahnengrafen Errenant beliebt zu machen, und bald wurde Hennig zum Studium an die Universität nach Weidenberg geschickt, denn alle waren der Meinung des Grafen Errenant, dass Hennigs kluger Kopf sich trefflich zum Studieren eignen würde.

DAS 7. KAPITEL
Weidenberg

Bei seiner Ankunft in Weidenberg lernte Hennig im Gasthaus *Zum Grünen Baum* den Erpel Olivier kennen, der ebenfalls zum Studium in die Stadt gereist war.

»Guten Tag, mein Herr«, schnatterte der Erpel zur Begrüßung, zog mit einer eleganten Bewegung den Hut vom Kopf und machte eine Verbeugung vor Hennig.

»Guten Tag, mein Herr. Das Vergnügen ist ganz meinerseits«, antwortete Hennig, zog seinerseits mit einer eleganten Bewegung seinen Hut vom Kopf und machte eine Verbeugung.

»Mein Herr, möchtet Ihr mir die Ehre erweisen, ein wenig mit mir zu Tisch niederzusitzen und ein Glas Wein miteinander zu trinken?«, schnatterte der Erpel. »Es wäre mir überaus angenehm, eure Bekanntschaft zu machen.«

»Ich sage dem Herrn meinen herzlichen Dank dafür«, antwortete Hennig.

Sie ließen sich vom Wirt einen Krug Wein bringen, dazu Walnussbrot und in Honig eingelegte Kirschen, und benahmen sich wie junge Fürsten.

Bald fingen sie auch an, Karten zu spielen. Aber Hennig verlor eine große Anzahl an Partien und als Olivier schließlich gut gelaunt schnatterte: »Lasst uns aufhören zu spielen, es wird bald Zeit zum Nachtessen sein«, da gackerte Hennig verärgert zurück: »Nein, lasst uns noch fünf oder sechs Partien spielen. Der Herr will nur aufhören, nachdem er mein Geld gewonnen hat.«

»Deswegen nicht, mein Gewinn ist so groß nicht, sondern weil ich überdrüssig bin und keine Lust mehr zum Spielen habe.«

Olivier schenkte sich und Hennig die Weingläser aus der Weinkanne noch einmal voll. »Er trinke lieber noch ein Glas Wein mit mir«, schnatterte der Erpel.

Hennig plusterte sich wütend auf. Das volle Weinglas stand vor ihm auf dem Tisch. Er nahm es und schüttete dem Erpel den Wein ins Gesicht.

»Ihr Dummschnabel! Mistfeder! Dreck-schläfer!«

Olivier sprang auf, seine Augen funkelten zornig. »Mein Herr, zieht Eure Klinge!«, fauchte der Erpel und hatte bereits seinen Degen gezogen.

»Das könnt Ihr haben, mein Herr!«, krähte Hennig kampfeslustig zurück und zog ebenfalls seinen Degen.

Olivier griff sofort mit einer Finte und einem weiten Ausfallschritt an. Mit einem Sprung nach hinten wich Hennig zurück. Olivier setzte mit einem weiteren Degenstoß nach, doch Hennig parierte die Klinge mit einem kräftigen Schlag seines linken Flügels beiseite, sprang im nächsten Moment nach vorne und stach Olivier mit dem Degen in den Bauch.

Der Erpel ließ den Degen fallen, presste die Flügel auf die Wunde und krümmte sich vor Schmerzen.

»Allmächtiger Gott, Herr im Himmel, steh mir bei!«, fiepte Olivier und schnappte nach Luft. Der Erpel taumelte durch die

Gaststube und fiel zu Boden, die Flügel auf die blutende Wunde gepresst, der Atem schwer, den Schnabel vor Schmerz verzerrt.

Arrest

Hennig lief von einer Wand zur anderen, fünf Schritte hin, dann wieder fünf zurück.

Seit einer Woche war er im Arrest. Vor der Tür standen Igel der Weidenberger Stadtwache mit ihren Hellebarden und hielten Tag und Nacht Wache.

Hennig lief von einer Wand zur anderen, fünf Schritte hin, dann wieder fünf zurück. Man hatte ihm erlaubt, nach Hahnenburg zu schreiben, doch bis jetzt war keine Antwort gekommen.

Hennig lief von einer Wand zur anderen, fünf Schritte hin, dann wieder fünf zurück. Er setzte sich auf einen Holzschemel. Stand auf und lief wieder umher. Ging zum Bett und legte sich hin. Stand wieder auf und lief von einer Wand zur anderen, fünf Schritte hin, dann wieder fünf zurück.

Setzte sich abermals auf den Schemel. Blätterte in einem Buch.

Da hörte er Stimmen durch die verschlossene Tür. Der Schlüssel drehte sich im Schloss und die Tür ging auf. Hennig sah den Ganter Jakob Mühlengans betrübt eintreten. Er war im Auftrag von Graf Errenant aus Hahnenburg angereist. Mit sich brachte er Geld, um Hennig aus dem Arrest freizukaufen und ihn nach Hause zu holen.

So endete Hennigs Studium in Weidenberg, noch bevor es überhaupt begonnen hatte.

Aber auch Hennigs Aufenthalt in Hahnenburg war nicht von langer Dauer, denn Hahnengraf Errenant hatte beschlossen, ihn zu den Soldaten zu schicken.

Die Schlacht bei den Birkenhügeln

Seinerzeit stellte der General Bellin Graf von Felderburg im Namen von König Löwe ein mächtiges Heer auf, denn ein Krieg gegen Graf Isegrim von Wolfswald war nahe.

Kaum war Hennig Soldat bei General Bellin geworden und hatte sich gerade mit einer Rüstung und Waffen ausgestattet, da brach der Krieg zwischen dem Wiesenland und Graf Isegrim von Wolfswald aus.

Noch im selben Sommer trafen beide Armeen bei den Birkenhügeln in einer großen Schlacht aufeinander. Das Schießen der Kanonen und Musketen, das Geklapper der Harnische, das Krachen der Piken und das Geschrei der Verwundeten und Angreifenden machten mit den Trompeten, Trommeln und Pfeifen eine schreckliche Musik. Inmitten von dickem Rauch und Staub, der, so schien es, den grauenvollen Anblick der Verwundeten und Toten bedecken wollte und in dem man ein jämmerliches Schreien der Sterbenden hörte und das Knurren und Fauchen derjenigen, die noch voller Mut waren, wurde Hennig von Wieseln im Kampf gefangen genommen.

Die Schlacht bei den Birkenhügeln tobte den ganzen Tag lang, aber bei Einbruch der Dämmerung hatte die Armee des Grafen Bellin von Felderburg die Armee des Grafen Isegrim von Wolfswald besiegt.

Hennig aber war Gefangener der Wiesel, und diese versuchten nun, nach der Niederlage des Grafen Isegrim, zurück in den Wolfswald zu entkommen.

Die ganze Nacht hindurch flohen sie mit ihrem Gefangenen, bis sie im Morgengrauen einen Fluss erreichten. Nebelschwaden lagen über dem dunklen Wasser. Auf der anderen Seite erhob sich ein düsterer Wald.

Im dichten Schilf am Ufer entdeckten die Wiesel den Nachen eines Fischers. Eilig schoben sie das Boot ins Wasser, stießen Hennig hinein, drängten sich selbst alle an Bord und ruderten los.

Doch in der Mitte des Flusses geriet das

überladene Boot in eine starke Strömung und kenterte. Das tosende Wasser riss die Wiesel und Hennig mit sich fort.

Mit ausgebreiteten Flügeln kämpfte Hennig verzweifelt darum, sich über Wasser zu halten und nach Luft zu schnappen. Er versuchte, das Ufer zu erreichen, doch die Strömung war zu stark. Da sah er einen großen Baum, dessen Äste weit ins Wasser ragten. Die Strömung trieb ihn geradewegs darauf zu. Hennig gelang es, einen der Äste zu ergreifen und sich daran festzuhalten. Mit letzter Kraft zog er sich aus dem Wasser und erreichte schließlich das Ufer.

Von den Wieseln, die mit ihm gekentert waren, war nichts mehr zu sehen. Der Fluss hatte sie mit sich fortgerissen.

Das Gehöft des Bauern Rustifeil

Nachdem Hennig seine nassen Kleider am Ufer in der Sonne getrocknet hatte, machte er sich auf den Weg, in der Hoffnung bald zu einem Dorf oder einer Stadt zu gelangen.

Er war schon eine ganze Weile unterwegs, als er die Ruine eines alten Gehöfts erreichte. Einst hatte hier ein prächtiger Hof gestanden, doch nun waren seine Mauern stark verfallen, und überall wucherten Moos und Ranken, die das verlassene Gemäuer wie ein Grabtuch überzogen.

Aus dem Inneren hörte Hennig leise Stimmen. Es klang wie ein fröhliches, gackerndes Lachen, und immer wieder hörte er seinen Namen.

Hennig setzte einen Fuß vor den anderen und trat in das verfallene Gehöft. Die fröhlich gackernden Stimmen lockten ihn immer weiter hinein, bis er eine Treppe entdeckte, die in die Dunkelheit eines Kellergewölbes führte. Er folgte den Stimmen die Stufen hinab.

Plötzlich wehte Hennig ein eiskalter Lufthauch entgegen, der ihn erstarren ließ. Die Dunkelheit um ihn herum begann sich zu strecken und zu dehnen, als würde sie zum Leben erwachen. Eine kalte und schwere Angst kroch ihm in sein Gefieder. Zehnmal, ja, hundertmal lieber hätte er in diesem Moment gegen Wolf und Fuchs zugleich gekämpft, als sich so elend und hilflos zu fühlen.

Da trat eine Gestalt aus der Wand hervor, ein Schatten mit Federn aus Asche und einem Schnabel, der glom wie die letzten Funken eines erlöschenden Feuers.

»Wer bist du?«, krächzte Hennig mit zitternder Stimme. »Was willst du von mir?«

»Ich war einst Bauer Rustifeil«, antwortete der Schatten mit einer Stimme, die aus den Tiefen der Erde hervorzukommen schien. »Drei Rätsel musst du lösen, aber scheiterst du, so werde ich dich verschlingen und hinab ins ewige Höllenfeuer werfen.« Seine Federn aus Asche glühten für einen kurzen Moment blutrot auf, dann verlosch das Glimmen und hinterließ einen fauligen Schwefelgeruch.

Das erste Rätsel des Gespenstes erklang
wie ein Flüstern, das sich durch die Dunkelheit wand:

*»Welche Leute speist das Wasser
und der Wind?«*

Hennig kannte das Rätsel. Er hatte es einst
bereits einmal von Jakob Mühlengans, dem
Müller, erzählt bekommen.

»Das sind die Müller mit ihren Wasser-
und Windmühlen«, antwortete er daher
rasch.

Kaum hatte er die Worte ausgesprochen,
erschien eine feurige Kugel in der Luft,
schwebte einen Augenblick durch den Keller
und flog dann zischend davon.

Gleich darauf folgte das zweite Rätsel des
Gespenstes. Es hallte in der Dunkelheit wider,
als käme es aus allen Richtungen gleichzeitig:

»Wer hat Eingeweide,
gefüllt mit kaltem Wind,
doch sein Mund kann wärmen
und die Glut entfachen?«

Hennig grübelte, und je länger er nachdachte, desto stärker kroch ihm die eisige Kälte in sein Gefieder. Er dachte an die Beschreibung – *die Eingeweide voll kaltem Wind, der Mund wärmt, kann die Glut entfachen, sie schüren, wie ein ...* Plötzlich dämmerte ihm die Lösung.

»Es ist ein Blasebalg!«, rief er.

Da ertönte aus der Ferne Kanonendonner, als wären dreißig Kanonengeschütze auf einmal abgefeuert worden.

Als das Gespenst sein letztes Rätsel stellte, war seine Stimme kaum mehr als ein eisiges Flüstern:

»Was ist leer schwer,
aber gefüllt leicht?«

Die Kälte kroch Hennig noch stärker als
zuvor in sein Gefieder, und je länger er nachdachte, desto träger und müder wurden seine
Gedanken. Er plusterte sich auf, um die läh-
mende Starre abzuschütteln. Auch dieses
Rätsel kam ihm bekannt vor. Wo hatte er es
schon einmal gehört? Nein, nicht gehört. Er
hatte es gelesen, in der Bibliothek von Hahnenburg, in einer der vielen *Historiae*. Er versuchte, sich zu erinnern – wie hieß das Buch,
wie lautete die Lösung? – und da fiel es ihm
wieder ein, die Antwort war: »Der Magen!
Denn leer und hungrig ist er schwer zu ertra-
gen, aber voll und satt ist er leicht«, antwortete er.

Kaum hatte er diese Worte ausgesprochen,
da durchzuckte ein greller Blitz den Keller,
gefolgt von einem tiefen, grollenden Donner,
der die Wände erzittern ließ. Der eisige Lufthauch wehte Hennig entgegen und strömte
aus dem Keller hinaus. Mit einem Mal fiel alle
Angst von ihm ab.

Da sah er, dass an einer Stelle der Keller-
wand ein kleines Stück der Mauer eingestürzt

war, und dahinter glitzerte etwas. Hennig trat näher, hielt kurz inne, dann begann er, die Wand vollständig einzubrechen, und vor ihm lag ein Schatz aus Silber, Gold und Edelsteinen, der bis an sein Lebensende reichen würde.

Er fand sechs alte silberner Tafelkelche, einen massiven goldenen Trinkbecher und eine kunstvoll gearbeitete schwere Goldkette. Daneben lagen verschiedene Diamanten, Rubine, Saphire und Smaragde, eingefasst in Ringe und anderen prächtigen Schmuck. In einem abgegriffenen Beutel entdeckte er außerdem 80 silberne Taler und 500 Goldtaler, alle mit dem Wappen des Wiesenlandes geprägt.

Hennig stopfte sich den Schatz in sein Wams, Hose und Strümpfe, hängte sich die schwere Goldkette um den Hals und stieg die Treppe aus dem Kellergewölbe hinauf.

Inzwischen war die Nacht hereingebrochen, und über der Ruine leuchtete hell der Mond am klaren Himmel.

Das 11. Kapitel
Rüblingen

Hennig lief die ganze Nacht hindurch, bis er bei Tagesanbruch die Stadt Rüblingen vor sich liegen sah. Er hielt es für ein gutes Omen, dass gerade in dem Moment, als er vor Rüblingen ankam, das Stadttor geöffnet wurde.

Er fragte nach dem besten Gasthaus der Stadt und wurde zum *Goldenen Krug* am oberen Kornmarkt gewiesen.

Dort saß er dann, aß geröstete Roggenkerne mit Zimt, garniert mit Sonnenblumenkernen und kandierten Pflaumen, und dachte darüber nach, was er als Nächstes tun wolle.

Da humpelte ein Ganter zur Tür herein. Er ging an einem Stock, hatte einen verbundenen Kopf, einen gebrochenen Flügel in der Schlinge und zerrissene Kleider am Leib. Er sah sich um und humpelte dann direkt auf Hennig zu.

»Hennig, bist du's wirklich?«, krächzte der Ganter.

»Jakob Mühlengans?« Hennig erkannte ihn kaum wieder. »Was ist mit Euch geschehen?«

Jakob Mühlengans fiel Hennig um den Hals und umarmte ihn fest. Tränen standen ihm in den Augen. Er erzählte, dass Hahnenburg in Trümmern lag. Reineke Fuchs hatte sie überfallen, den Hahnengraf Errenant und alle anderen getötet, das Schloss geplündert und in Brand gesteckt.

Da Jakob Mühlengans bisher von Almosen hatte leben müssen und seine Wunden nur notdürftig versorgt waren, mietete Hennig für ihn ein Zimmer im Gasthaus und sorgte dafür, dass der beste Wundarzt, der zu finden war, sich um ihn kümmerte. Außerdem beauftragte er einen Schneider sowie eine Näherin, um ihn angemessen einzukleiden.

Nachdem Jakob Mühlengans wieder zu Kräften gekommen und seine Wunden verheilt waren, fassten sie den Entschluss, gemeinsam nach Löwenstein zu reisen, um Reineke Fuchs vor König Löwe für seine Taten anzuklagen.

Zu diesem Zweck ließ sich auch Hennig neu einkleiden. Er erwarb ein prächtiges Wams, dazu eine scharlachrote Hose, neue Strümpfe, Schuhe, Hemd, Kragen sowie Mantel und Hut und dazu einen Degen aus bestem Ebersberger Stahl.

Reineke Fuchs

Auf dem Löwenstein hörte König Löwe mit grimmiger Miene an, wie Hennig und Jakob Mühlengans von der Zerstörung Hahnenburgs und der Ermordung des Grafen Errenant berichteten, und berief einen Gerichtstag ein.

Als Reineke Fuchs zum Gerichtstag auf dem Löwenstein erschien, um sich der Anklage zu stellen, schritt er mit erhobenem Haupt und selbstsicherem Blick durch die Reihen der versammelten Tiere des Königshofes. Vor König Löwe zog er in einer eleganten Bewegung den Hut und verbeugte sich tief.

Hennig erkannte den Fuchs sofort wieder. Nie hatte er den Tag vergessen, an dem er als Küken verzweifelt vor Reineke um sein Leben gerannt war.

Reineke Fuchs sprach zu König Löwe: »Gnädiger Herr, erhabener Fürst aller Fürsten, den der Himmel mit Güte und Gerechtigkeit gesegnet hat, dessen Tugenden leuchten wie die Sterne, mächtigster König, ich stehe hier vor Euch mit reinem Gewissen. Ich werde auf alle Anschuldigungen, die gegen mich erhoben werden, antworten und beweisen, dass sie alle falsch sind.«

Reineke Fuchs hörte sich die Klage von Jakob Mühlengans und Hennig ohne die geringste Regung an. Weder Furcht noch Angst vermochten sie in ihm zu wecken.

Auf die Anklage antwortete Reineke Fuchs: »Mein König, erhabener Herr, möge Euer Zorn sich mildern und Ihr Euch nicht durch die Lügen der Kläger dazu verleiten lassen, mich zu Unrecht zu verurteilen. Wäre ich nicht unschuldig, so hätte ich mich niemals dieser offensichtlichen Todesgefahr ausgesetzt, sondern wäre Eurem Hof ferngeblieben und hätte mich mit Frau und Kind in die Flucht gerettet.

Ich kenne manche ferne Länder, in denen

ich sicher hätte Zuflucht finden können. Hier aber stehe ich vor Euch, Herr König, und wenn die Kläger auf ihren ungeheuerlichen Anschuldigungen bestehen und mich weiterhin bei Euch in Verruf bringen wollen, so verlange ich einen Zweikampf. Wer unterliegt, der ist schuldig. Das ist altes Recht an Eurem Hof.«

Als Hennig das hörte, plusterte er sich kampfeslustig auf und trat entschlossen vor den König.

»Herr König, glaubt Ihr ihm, was er sagt?«, krähte er. »Reineke hat nichts als Falschheit, List und Mord in seinem Herzen. Niemals werde ich zulassen, dass er ungestraft davonkommt. Ich werde mit ihm kämpfen.«

König Löwe lachte und sprach: »So sei es. Der Kampf ist beschlossen.«

Hennig zog seinen Degen, dessen Klinge aus bestem Ebersberger Stahl geschmiedet war. Auch Reineke zog seinen Degen. Dieser hatte eine so große und breite Klinge, dass er eher einem Henkersschwert glich. Die am Königshof versammelten Tiere wichen zurück und machten den Kampfplatz frei.

Hennig und Reineke stellten sich einander gegenüber auf und König Löwe gab das Zeichen für den Beginn des Kampfes. Hennig blickte Reineke mit herausforderndem Blick an, doch der Fuchs lächelte nur spöttisch zurück.

Die Degen aufeinander gerichtet, belauerten sie sich. Machte Hennig einen Schritt vor, wich Reineke einen zurück. Setzte Reineke zum Angriff an, wich Hennig zur Seite. Plötzlich knurrte Reineke tief in seiner Kehle, fletschte die Zähne und stürzte sich mit seinem Degen auf Hennig, als wolle er ihn in Stücke zerreißen. Aber Hennig war wendig und schnell mit dem Degen, duckte sich unter Reinekes Angriff hinweg und verwundete ihn mit einem tiefen Stich in die Seite.

Der Fuchs taumelte und ließ vor Schmerz seinen Degen fallen. Aber er war nicht besiegt. Mit einem wütenden Knurren warf er sich auf Hennig und riss ihn zu Boden. Seine Augen glühten vor Zorn.

Ehe Hennig sich aufrappeln konnte, hatte Reineke ihn bereits unter sich. Der Fuchs drückte ihn mit seinem ganzen Gewicht zu Boden und setzte an, ihn mit seinen scharfen Zähnen totzubeißen.

Hennig rang nach Luft. Seinen Degen hatte er verloren. Mit aller Kraft schlug er mit den Flügeln zu und hackte mit dem Schnabel auf Reineke ein. Ein Hieb traf den Fuchs zwischen die Augen. Reineke heulte auf.

Für einen Moment ließ er von Hennig ab. Und in diesem einen Augenblick sah Hennig seinen Degen auf dem Boden liegen. Er bekam ihn zu fassen und als sich der Fuchs mit gefletschten Zähnen wieder auf ihn stürzte, riss er den Degen in die Höhe, und Reineke rannte mit aufgerissenem Maul direkt in die scharfe Klinge hinein. Ein dunkles Knurren entrang sich Reinekes Kehle.

Er taumelte, seine Beine gaben unter ihm nach und er fiel zu Boden. Noch einmal versuchte er, sich aufzurichten. Er knurrte böse. Aber die Kräfte verließen ihn. Der Fuchs blieb leblos liegen.

Hennig atmete erleichtert auf und ließ den Degen sinken. Er hatte gesiegt. Der Kampf war zu Ende, und der Hahn stand als Sieger da. Mit stolzgeschwellter Brust verließ Hennig den Kampfplatz, während die Tiere des Königshofes ihn ehrfurchtsvoll anblickten.

Die Geschichte von Hennigs mutigem Sieg über Reineke Fuchs lebte noch viele Jahre in den Erzählungen des Wiesenlandes weiter.